COLLECTION

POURQUOI...©

BENO - NEYMO

RAPHAËL LE LOUP...

A-T-IL LES YEUX JAUNES QUAND IL EST ADULTE ?

... Parce qu'il aime bien cette couleur...

... Parce qu'il regarde peut-être trop le soleil...

EH NON !

A l'âge adulte il a les yeux jaunes, cela lui permet de mieux voir dans le noir.

POURQUOI RAPHAËL LE LOUP N'AIME PAS ÊTRE SEUL POUR CHASSER ?

Parce qu'il est très timide...

... Parce qu'il a peur
quand il chasse tout seul...

MAMAN !

EH NON !

Tout simplement parce que c'est plus facile de chasser sa nourriture à plusieurs...

POURQUOI LE LOUP FAIT-IL PEUR AUX ENFANTS ?

Parce qu'il a de grandes dents...

... Parce qu'il a de grandes oreilles...

EH NON !

C'est certainement dû aux nombreux contes et livres qu'on leur lit où les loups sont des méchants !

COMMENT DESSINER RAPHAËL LE LOUP

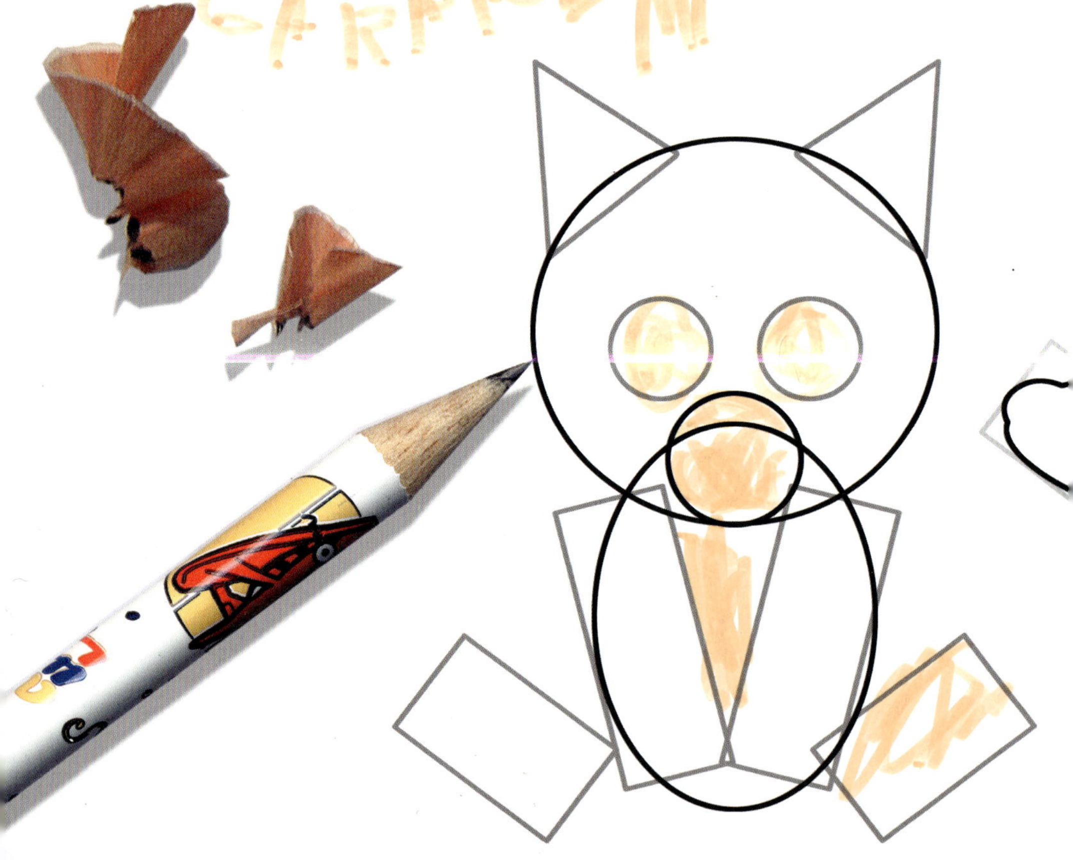